院のガンジー

津《つ》間《ま》 洋《よう》二《じ》

本田八重子《ほんだやえこ》が台所で夕食の支度をしていると、ガレージに車が止まる気配がし、夫の鉄太郎《てつたろう》が帰って来た。いつになく早い帰宅に八重子は驚いた。

「喪服を出してもらえるかな。」

玄関を入るとすぐに鉄太郎は言った。

「喪服？お通夜？」

「うん。健康センター病院の小児科、終田《おわりだ》先生が亡くなった。」

「え！終田先生が？若いよね？」

「五十二。俺より一つ上だからな。」

「若いね。それもこんなに急に。癌？」

「自殺らしい。うつ病だったたって。」

「自殺!?奥さんと三人のお子さんを残して！なんで!!」

「俺もくわしくは知らない。とにかく、お通夜に行ってくるから。」

鉄太郎は急いで出かけた。子供三人を放り出してまで死にたい感覚が八重子には分からなかった。いくらうつ病とはいえ、そこまで苦痛なことがこの世の中にあるのか。終田医師の夫人もやはり医師だったはずだ。金銭問題ではないな。そうするとやはり病院での人間関係か。そこまで考えた時息子が夕食に降りて来た。高二の息子佐太郎《さたろう》だ。食べ盛りの息子を見ているとモヤモヤした気分は吹き飛んでいった。

通夜から帰った鉄太郎の喪服を片付けながら八重子は聞いた。

「やっぱり病院で何かあったの?」

「関係者は皆、口を閉ざしているから分からないけど、終田先生は小児科の副部長だった。部長先生とはかなり仲が悪かったらしい。噂だけどな。過労もあったかもな。」

「そんな、死ぬほどつらいなら病院を辞めればいいじゃない。なんで辞めないの!」

「さあ、色んな事情があるんだろうよ。」

鉄太郎はシャワーを浴びるために出ていった。

――死んだら元も子もないじゃない！

八重子は思った。

鉄太郎は大規模な民間病院の耳鼻科医だった。肩書は副科長。耳鼻科の医局は鉄太郎の上に科長の傲腹《ごうはら》、後輩医師で同じく副科長の良岡《よしおか》、医師の芝原《しばはら》、徳山《とくやま》、研修医五名という大所帯だった。外来には常時五名の看護師、二名の事務員がおり、看護学校からの実習生も多数いた。耳鼻科では週三回、月、水、金に手術を組み外来を交代でこなしながら、オペ室に入る。ほとんどの症例は科長が執刀するが、鉄太郎や良岡も執刀することもある。二十代の新米医師である芝原と徳山はオペ室ではもっぱら手術助手かラウンドといって外回りの役目をしていた。

大勢の医局員をかかえる臨床科には様々な問題が持ち上がるのが常である。大学病院の臨床科は五十人、六十人という医局員を擁するので当然派閥もできる。しかし、鉄太郎の勤務する民間病院では派閥ができるほど医局の人数も多くはなかった。それにもかかわらず科長の傲腹と鉄太郎の関係は極めてぎくしゃくしており、他の医師も気づいていたが気づかないふりをしていた。

—一体、いつからこんな関係になったのだろう。

鉄太郎はいつも考える。傲腹と一緒に仕事をし始めた十五年前は、こんなじゃなかった。お互い若かったが、大学病院に負けまいとして二人とも必死だった。傲腹の態度が変わったのは五年くらい前だろうか。

—何がきっかけなのだろう。

鉄太郎はいくら考えても思いつかなかった。仕事上のこと、患者のことで副科長である鉄太郎は科長の傲腹に報告することがしばしばある。しかし、そのたびに傲腹は鉄太郎を無視する。報告しても聞いているのか、聞こえているのか、何の返事もしない。鉄太郎は電柱に向かって話しているようだった。

—五年前と言えば、あの件があったな。

鉄太郎が急に外来を休まなければならないことがあったのだ。

「傲腹先生、家内の母親が今朝亡くなりました。家内も体調を崩していますので外来を抜けたいと思います。」

そう鉄太郎が傲腹に申し出た時だった。

「お前の実の母親が死んだんなら分かるが、奥さんの母親が死んだからといって、なんでお前が行く必要がある。」

と反論されたことがあった。鉄太郎は傲腹のこの持論に驚いたが、八重子がショックで倒れたと八重子の母親の入院先の病院から連絡が入っていたし、急を要するので、傲腹の制止を振り切って病院を早退した。良岡、芝原、徳山を始め鉄太郎の早退に異議を唱える者はいなかった。

—この頃から、どうも様子が変だ。

鉄太郎は、そう振り返る。傲腹が病気か何かで性格が変貌したのなら、自分だけでなく他の医師にも辛く当たるはずだ。ところが、パワハラの標的は鉄太郎だけであった。


二年前だったか、鉄太郎は傲腹の科長室に呼び出された。

「お前、アルバイト行ってるだろう。」

「土曜日は病院が休みなので家内の実家の耳鼻科医院の仕事を手伝っていますが。」

「それ、病院長の許可取っとるんか。」

「病院に迷惑かけてないし、手当ももらってないのに、病院の許可が要るんですか?」

「今すぐ、病院長の許可を取れ。」

鉄太郎は訳が分からないまま、病院長である久米に相談した。久米は血液内科の科長で温厚な紳士であった。

「別に、病院の許可は必要ありませんがねえ。」

久米は言いながらも、認める旨を書いた書類を鉄太郎にくれた。

―なんだって俺だけ科長に呼び出されるんだ?良岡も友人の医院に土曜日バイトに行ってるだろう。それは黙認するのにか。

この時あたりから傲腹と鉄太郎の仲が決定的に険悪になっていった。

一月二日。鉄太郎、八重子は岡山県に先輩医師善光寺《ぜんこうじ》を訪ねていた。善光寺は鉄太郎の大学病院勤務時代の先輩で隣県で開業しており、何かと二人の相談にのってくれていた。

「正月そうそう、すみません。」

喫茶店で善光寺に相対して座りながら鉄太郎が切り出した。

「いいよ。何?折り入って相談って。」

「実は・・。」

鉄太郎は科長傲腹から受ける様々なパワハラについて話した。

「驚いた。あの人そんな人だったっけ？」

善光寺は驚きを隠さなかった。

「いや、手術ができるから昔から多少暴走するところはあったけど、いじめとはね。何？本田にだけ、そういう態度？」

「俺にだけです。良岡はじめ、他の者には少しもそういうことはありません。」

「本田、お前嫌われるようなことしてる？」

「していません。まったく心あたりありません。」

「いつから？」

「五年くらい前からです。きっかけも分かりません。」

「うーん。理由が分からないとすると対処のしようもないな。」

「そうなんです。」

八重子も心配そうな目で善光寺の返事を待った。

「そりゃあ、本田。単にあれだ。お前のことが嫌いなんだろう。人の好き嫌いに理由はないからな。」

「どうして俺だけ嫌われるんです?手術だってミスなくする、論文だって良岡よりずっと多いのに。」

「だからだよ。だから嫌われるんだと思うぜ。本田、傲腹さんとは何歳違う?」

「六歳です。」

「たった六歳しか違わない、副科長がバリバリ仕事ができてみろ。科長は焦るぜ。なまじお前が仕事ができ、論文も書けるから鼻につくんだよ。これが大学病院の姑息山《こそくやま》みたいな馬鹿だったら、いじめの対象にもならないねえ。」

「じゃあ、どうすればいいんですか。俺は姑息山のふりはできません。」

「さあ、どうするかなあ。嫌いなものは仕方ないだろう。」

「でも。」

ここまで黙っていた八重子が口を開いた。

「科長のいじめのせいで本田は体調を崩しています。」

「どんな？」

「耳鳴りがひどく、夜は不眠が続いています。食欲もないです。」

八重子が訴えた。

「そりゃあ、いかんな。何とかせんといかんな。」

善光寺はかばんの中をごそごそ探していた。

「この人を紹介するから相談するといい。社会保険労務士の詐欺川《さぎかわ》さんだ。実は俺の娘が会社で色々あってな。相談にのってもらった。」

「先生の御嬢さんもいじめですか？」

「うん、まあそんなとこかな。色んな仕事、雑用ばかり押し付けられるって言ってた。」

「どうなりました。」

「辞めたよ。」

「ええ⁉会社を辞めてしまったんですか？」

「いや、ちょうど妊娠したんだ。だから娘の亭主とも相談の上だが、俺が辞めろって言った。」

「そうですよね。身体が大事です。」

二人は詐欺川の名刺をもらって岡山を後にした。帰りの新幹線では二人とも終始無言だった。鉄太郎は、辞められるものなら自分も辞めたいさ、そう考えていた。

詐欺川は色白で神経質そうな、眼鏡をかけた三十がらみの男だった。

「お世話になります。」

リビングで鉄太郎、八重子夫婦は詐欺川と向かい合って座った。

「善光寺先生から伺っていますが、どういう状況かくわしく話して下さい。」

鉄太郎はこれまでの経緯をくわしく詐欺川に話した。

「最近はもう科長とはほとんど話していません。俺が話しかけても無視されます。」

「パワハラの最たるものは無視です。いじめでも最もこたえるのが無視です。ただ、出るところへ出て争うにしても無視されていることを立証する必要があります。」

「どうやって立証するのですか。」

「録音、または録画です。隠しカメラを設置できませんか。」

「無理です。科長室の構造上、そんなカメラを置いたらすぐにばれます。」

「パワハラに合った記録はつけていますか。」

「つけています。日記に書いています。」

「ひどい言動をされたとか、身体的に暴力を加えられた、というなら争いやすいですが、何を言っても無視されるというのは、争点になりにくいのも事実です。」

「どうすればいいですか?」

「今は、記録をつけ状況証拠を積み重ねるのが精いっぱいだと思います。法廷で争う時にも手で書いた日記が証拠になります。日記を書く時は日付と同時にその時世間で起こった事や天気も一緒に書いておくと、より信憑性が高まります。」

「分かりました。そうします。」

「今後のご相談はどうしたらいいですか?」

八重子が聞いた。

「メールで聞いて下さい。一ヶ月の契約料はここに書いてありますから銀行振込でお願いします。」

詐欺川は岡山に帰って行った。詐欺川と面談しても、いっこうに解決の糸口は見えなかった。無視される、といういじめのスタイルが立証しにくいということだけが分かった。ただ、専門家に相談して傲腹の所業がパワハラに当たることがはっきりした。

その後、八重子は毎月、詐欺川に契約した相談料を振り込み、メールで毎月報告と相談をしていた。しかし、いつからか相談してもぱったり返信が来なくなった。いくら相談のメールをしても詐欺川からは返信が来ないので、八重子は相談料の振込を打ち切った。

その日、八重子は市内の法律事務所にかねてよりアポイントをとっていた弁護士の剣崎《けんざき》を訪ねた。

「初めまして。」

剣崎は面談室で八重子にお茶を勧めながら言った。剣崎は二十代後半の女性弁護士だった。八重子の高校の後輩という点で親近感が持てた。八重子は剣崎にこれまで鉄太郎が受けた部長からのパワハラの数々を訴えた。

「以前は無視されるのが一番の問題でしたが、最近では実力行使になっています。」

「それはどんなことですか。」

剣崎はメモをとりながら真剣に聞いた。

「耳鼻科では患者を診察する診察台が外来に六台あります。もともと科長用が三台、本田が二台、良岡先生が一台でした。病院の外来は患者が多いので、患者を診察台に誘導しておいて、医師が次々と診察していくようになっています。ところがこの四月から良岡先生が二台、本田が一台と変更するよう科長が一方的に決めました。」

「良岡先生は本田先生の後輩ですよね。」

「そうです。」

「診察台の数を変更される理由はあったのですか。」

「それに先立つこと一年前、外来の新患担当曜日がこれまた科長により一方的に決められました。本田が月曜と水曜、良岡先生が火曜と木曜です。土曜、日曜は病院は休みで金曜は朝からの手術日なので新患は取りません。」

「科長の新患日はないのですか。」

「ありません。ほとんどの患者は紹介状を持って来ます。紹介状の大多数は科長宛てですから、科長は新患日の設定がないのです。」

「なるほど。それと診察台の数がどう関係するのでしょう。」

「ラッキーマンデーという言葉をご存じですよね。月曜は祝日で休みになることが多いのです。だから月曜が新患当番になった本田は当然担当患者数が減っていきます。」

「そういうことですか。」

「本田の患者数を減らそうという科長の作戦だったのだと思います。患者数の減った本田は科長の作戦通り診察台の数も減らされました。」

「『良岡先生よりキャリアが長いのに診察台を減らされるのは不当だ』という理屈は通りませんか。」

「だめでしょう。『本田の方が診察する患者数が少ないのだから診察台を減して当然だ』と切りかえされるでしょう。」

「良岡先生はどう言っていますか。」

「良岡先生と本田は特に関係は悪くありません。しかし、良岡先生が科長のすることに意見できる立場ではないのです。それから、手術室での手術からも本田は締め出されています。」

「どういうことですか。」

「多くの症例を科長が執刀します。耳鼻科手術は一人でするものではなく複数の医師が手術室に入って執刀医のアシスタントに加わります。アシスタントは大切な役目ですが、アシスタントをしながら執刀医のやり方を見ることで自分の勉強にもなります。ところが本田は科長の執刀する手術のメンバーからはきっちりはずされています。」

「手術室に入れないということですか。」

「そうです。ですから自分自身の執刀する症例、良岡先生の執刀する症例以外の手術にはついていません。」

「そこまであからさまだと、外来スタッフにも分かるでしょう。」

「当然分かっているでしょう。芝原医師、徳山医師を始め、外来看護師はみんな知っています。」

「その人達はどういう立ち位置ですか。」

「どうもこうも、科長にたてつける人は一人もいません。本田のことを内心気の毒に思っていても正面きって科長に意見できるはずがありません。」

「だいたいの御事情は分かりました。病院としてのセクハラやパワハラに対する取り組みはどうなっていますか。」

「病院の事務が窓口です。専門職員ではなく事務長を始め病院長などが兼務しています。ただ機能しているかどうかは疑問です。これは、本田の病院ではなく大学病院の事例ですが、二年くらい前に眼科の看護師がセクハラで当時の助教を訴えたことがあります。訴えたと言っても、法的に訴えたのではなく病院のセクハラ相談窓口に訴え出たのです。」

「なるほど。」

「眼科の助教は当時の教授に厳重注意を受け、その後退職して別の病院に移ったと聞いています。」

「看護師の方はどうなりました。」

「セクハラはなくなったはずなのに、同僚看護師から助教を密告した張本人のように陰口をたたかれるようになりました。結局その看護師も退職して行きました。」

「そうですか。今回のご主人のパワハラ問題での論点は複数あります。まず、ご主人が何を一番望んでおられるかということです。病院長に科長のパワハラを訴え、注意してもらい和解するというのが最もマイルドなやり方です。」

「たとえ、病院長が傲腹先生に注意したところで和解に応じるとは思えません。なぜなら本人はパワハラをしている自覚はないからです。」

「では、病院長から先生の行っている言動はパワハラに当たるからやめるように、と勧告するとどうでしょう。」

「だめでしょうね。そういう注意を受けて『ああ悪かったな、本田すまなかった』と言うような人なら初めからこのような卑劣なパワハラはしないでしょう。」

「そうですね。おっしゃる通りです。では和解は難しいとして、病院長にご主人が訴え科長を処分するというのはどうですか。」

「主人の訴えが病院長に聞き入れられ仮に科長が処分されたとします。処分と言っても部下を無視したくらいでは辞職に追い込むのは無理でしょう。診療台の数にしたって、科長の数は関係なく増減があったのは本田と良岡先生の間のことです。そうすると良くて厳重注意ですよね。注意された科長は『ハイハイ分かりました』と病院長には返事をする。一方で本田には『貴様チクリやがったな』とばかりパワハラが倍増するでしょう。」

「では、病院長に訴えるのも得策ではないですね。」

「ええ。それに本田が病院関係者にパワハラのことを話すのを躊躇している理由が他にもあります。」

「それは何ですか。」

「外来スタッフとの関係です。過ごしにくい毎日ではあっても、このままじっと我慢してやり過ごせば、外来スタッフも見て見ぬふりをして自分に接してくれる。ところが、もし科長との全面戦争に持ち込めば本田の側についてくれる人はいないでしょう。性格が破綻していても科長は科長ですから。」

「みんなからご主人が白い目で見られるということですか。」

「そうです。眼科の看護師の時と同じく、科長のパワハラを暴いたものの自分まで辞職するはめになったというのは馬鹿らしいです。」

「そもそも、科長はどうしてご主人にだけつらく当たるんですか？　良岡先生との関係は良好なのですよね。」

「そうです。それは永遠の謎です。先輩医師の見解によるとただ単に馬が合わないだけだろうと言います。本田は他のスタッフからも信頼は厚く、患者からはいい先生だと言われます。本田の方に問題があるとは考えにくいです。」

「では、科長が単純にご主人を嫌っているということですか。」

「そうとしか考えられません。」

八重子ははかばかしい解決策を見いだせないまま事務所を後にした。しかし剣崎は全国の事例、病院だけでなく一般の事業所でのパワハラの事例も調べてくれると約束した。

夕食時、八重子は剣崎と話し合ったことを鉄太郎に伝えた。

「結局、病院長に科長のことを話しても、ああそうですかで科長は依然として居続ける。

科長を密告したことが他の先生やスタッフに知られたパパはもっと不利な立場に追い込まれる。『こんなことなら言うんじゃなかった』って部分が最も問題な訳よね。」

「いや、それだけじゃないな。仮に俺が科長を密告し、待てよ、密告ってのは変だな。正々堂々と病院長へ訴える訳だから。」

「そうだ。逆に密告すれば。匿名の投書みたいにして科長を告発するっていうのは。」

「ばれるに決まっているだろ。そんなもの。ばれるくらいなら最初から正面切って訴えた方がいい。」

「そうかなあ。」

「そうさ。そうして訴えて、俺がパワハラを受けているのが晴れて認められ、科長と刺し違える格好で二人とも病院を辞めたとする。」

「辞めるの?」

「科長だけ辞めさせられることはないと思う。だから俺ともども辞めた場合、次はどうなる?俺はどうなる?辞めた後、そんな問題を起こした医者をどこの病院が雇う?このご時世、ただでさえ五十過ぎの医者をだぜ、狭い世界だからな『ああ、あいつは前の病院でこういうごたごたを起こした奴だ』ってすぐ噂が広まる。絶対、就職口は無いな。そんなことになったら、何のために俺は科長の横暴を暴く?自分が失職するためか?」

「今、話してて気づいたんだけど、科長にパワハラを受けるようになった理由が分からないって言ってたよね。二人が不仲になって辞職して一番おいしいのは誰?もしかして良岡先生?彼が後ろで操ってるってことない?だって二人が辞めたら一気に科長昇格よ。」

「そりゃあないな。あいつは真面目でいい奴だ。そんな卑怯な策は弄しない。科長を訴えて、損するのは俺ばかりだ。今の病院を辞めてしまいたいのはやまやまだ。だが、俺が辞めてどうする。佐太郎をちゃんと大学にやるまではどうしても辞められないだろう。」

「今の病院と同じだけ月給をくれるところはない。でも収入があれば辞めたいよね。」

「そりゃあそうさ。収入さえあれば明日にでも辞めるさ。」

「でも、パパが辞めたら科長のパワハラに屈したことになるんじゃない。それこそ科長の思うつぼでしょ。パパは全然悪くないのに。収入があるなしという問題以前じゃない。」

「科長は俺を辞めさせたくてパワハラしているのか？ そうじゃないと思うぜ。ただ、面白がってパワハラの認識もなしに、当たり散らしているんだろう。」

「どっちにしても、パパが辞めたらそれは科長に屈したことになるよ。病院長に訴えないんなら、パパに科長に対する直接の反撃はできない。ただ辞めるだけじゃあ、科長に一矢も報いることができないよ。」

「ママは蚊帳の外だから、そんな呑気なことが言える。俺の立場だったら真っ先にママが辞めるね。」

「そうかなあ。」

その日、鉄太郎は傲腹に呼び出された。

「昨日の五時、どこにいた？」

科長はぶっきらぼうに聞いた。

「五時ですか。図書館でコピーをとっていました。」

「今度から毎週金曜日五時に点呼に来い。」

「え？点呼って何ですか？」

「お前、点呼も知らないのか。」

「『本田です』って言いに行けばいいんですか？」

「そうだ。」

鉄太郎はまったく科長の意図が分からなかった。金曜の五時は勤務時間だが、医局の部屋にいなければならないという決まりはない。どの医師も病棟、詰所、オペ室など様々な場所で仕事をしている時間である。図書館にいた鉄太郎も責められる筋合いはまったくなかった。

翌週金曜。鉄太郎は五時前に病棟を切り上げ科長室をノックした。

「傲腹先生、本田です。」

返事はなかった。いないらしかった。十分後。もう一度ノックしたが不在だった。

その翌週の金曜も鉄太郎はきっちり五時に科長室を訪れた。しかし、科長は不在であった。

—一体何なんだ⁉

鉄太郎は訳がわからず、その後は点呼を辞めてしまった。

鉄太郎の給与が減っているのに気づいたのは八重子だった。いつもと同じように仕事をし、鉄太郎の帰りは相変わらず遅い。それにもかかわらず給与明細を見て残業代が極端に減っていることがわかった。

「残業代を申請しても科長に消される。」

鉄太郎がぼやいていたのを思い出した。

—ひどいわね。労働基準監督署に訴えようかしら。

だが、労基に八重子が駆け込んだことが病院側に知れて、鉄太郎の立場が悪くなってはいけない。科長の操作した鉄太郎の残業時間を見て事務的に手当の計算をする病院事務員に罪はない。だから、労基に駆け込むなんてことはできはしないのだが、八重子は腹わたの煮える思いだった。

「これ、礼状出しといてくれるかな。」

鉄太郎がぐしゃぐしゃになった茶封筒と住所をメモした紙を八重子に手渡した。茶封筒の中にはお礼の手紙と現金三万が入っていた。きっと病棟回診の時に入院患者の家族が鉄太郎の白衣のポケットに押し込んだのだろう。八重子が妊娠中に切迫流産で入院した時、付き添っていた母親が担当医にお礼を渡しているのをたびたび目にしていたのでよく分かる。患者や家族は必死である。手術がうまくいったらいったで、何とか感謝の気持ちを担当医に伝えたいのである。給与が減っていく反面、患者からのこうしたお礼は年を追うごとに多くなっていった。患者は正直だ。いくら腕がよくても、この先生感じ悪い、横柄だと思ったらお礼など包まない。もうこれきりだな、と病院と縁を切る。鉄太郎がお礼を沢山もらうのは、ずっとこの先もよく診てもらいたいと患者に想われている証拠であった。

「耳鼻科医の求人がないか探してくれないか。」

鉄太郎が夕食を食べながら八重子に言った。

「求人って、今の病院を辞めて別の病院で勤務するってこと?」

「そうだ。」

八重子は鉄太郎を見ながら、そこまで追い詰められているのか、と思った。

「別に病院じゃなくてもいい。個人の診療所でも雇ってくれるところがあれば。」

「探してみるけど、五十過ぎた人を雇用するところはなかなかないと思う。サラリーだって、今の病院に比べるべくもないと思うけど。」

「分かってる。当たれるだけ当たってみて。」

夕食後、鉄太郎が自室に戻り八重子は台所にあるパソコンに向かっていた。求人を探す。無いことはない。しかし給与は今の半分だ。そりゃあそうよね。八重子は思った。新卒の先生を雇用することが前提なんだから。鉄太郎のようなベテラン医師を高給で雇用したい医院なんてそうそう転がっているものではなかった。

「首都圏ならまだしも、こんな田舎の地方都市ではね。」

八重子は一人つぶやいた。

―でも、終田先生のように自殺したのでは元も子もない。自殺するくらいなら、給料なんてどうでもいいから、今の病院を辞めるよう鉄太郎に勧めよう。

八重子はそう心に誓った。

善光寺と酒を酌み交わしながら鉄太郎は言った。

「先生のご長男はもう大学ですか。」

「うん、東京に行ってる。今二年だ。」

「うちの息子が大学に入るまでは、病院を辞められないと思ってます。」

「何？科長は相変わらず？」

「ええ、ほとんど口をききません。だんだん慣れてきたって言うか・・」

「何に慣れてきたんだ。」

「耳鳴りです。ストレスでズーッと耳の奥がワンワン鳴ってます。」

「お前、自殺はするなよ。」

「何ですか急に。」

「いや・・。最近、近所の先生で自殺した人がいる。うつ病だったらしい。」

「自殺なんかしませんよ。子供がいるのに。」

「分からんぜ。人間追い詰められると何にも考えられなくなるからな。」

「俺が自殺しても、労災を立証するのは難しいでしょうね。」

「そうだな。八重子さんが悲しむから自殺はよせ。死ぬくらいなら病院を辞めたらいい。」

「だから、死にませんって。病院も辞めませんよ。」

「それで、対抗措置は何かしたのか。」

「何もできません。記録をとるくらいです。」

「お前、やられるだけやられっぱなしで、何も対抗しないってどうよ？な、そうだろう。科長のパワハラのせいではっきりした身体の不調が出ている。例えればお前の今の状況はこうだ。火の粉がパチパチと身体に降りかかっている。お前は『何だよやけに熱いな』と言いながら火の粉を手で払おうとする、しかしどんどん火の粉は勢いを増して降りかかる、お前はそれでも逃げもせずに『アチッアチッ』と言いながら必死に耐える。な、聞いていて、いかにも馬鹿げた話だろう。そのうち焼け死ぬぞ。」

「じゃあ、どうするんですか。病院長に告《チク》っても科長は辞めないばかりか、今は良好な関係を保っているスタッフともギクシャクし始める。四面楚歌なんです。なんで科長との関係がこんなことになったんだろうと、そればかりぐるぐる考えます。」

「あのな、本田。前も言ったかもしれんが、それは考えても仕方ないぜ。こういう関係になったもんは仕方ないだろう。」

「きっかけが分かれば改善できるかと思うんです。」

「だから、そりゃあもう無理なんだよ。ここまでこじれたんだから、きっかけが何であれそれはもうどうでもいい。意志疎通が図れてないんだから。」

「意志疎通というより、あの人には自分だけルールがあるんです。」

「何それ？」

「先週、うちの科が当直でした。夜八時頃、俺は晩飯を食べに近場の食堂に行こうと思って、丁度、良岡、徳山を引き連れて飯から帰って来た科長に『メシに行って来ます』と言いました。そしたら、科長は『お前、今、当直中だろう。外に食いに行くとはどういうことだ。その間に急患が来たらどうする』と言うのです。俺はもうちょっとで『それならあんたは今までどこに行ってたんですか』って切り返すところでした。結局、その日は芝原に弁当を買って来てもらいました。」

「お前、腹が立たないのか。」

「腹なんかもう立たないです。呆れてます。そうやって科長は俺がすること全てに難癖つけて悦に入ってるんです。」

「最悪だな。」

「最悪だなんて、今更です。ところで、先生に紹介された社会保険労務士の詐欺川先生ですが、逃げられましたよ。手におえなかったようです。」

「そうか、すまなかったな。」


「実はうちの主人が医局の科長からパワハラを受けてるんだけど。」

八重子は大学の同級生とコーヒーを飲みながら話した。

「ご主人は耳鼻科だったよね。」

三上仁美《みかみひとみ》は八重子が文学部の学生だった頃の親友だ。

「外科系は結構そういうのあるって聞いてる。ほら、体質的に体育会系のところがあるでしょ。」

「でも、うちの場合それとはちょっと違うかも・・」

八重子はこれまで鉄太郎が科長から受けた様々な嫌がらせをざっと話した。

「結構ひどいね。旦那さん大丈夫？」

「今のところはね。でも出口が見えないっていうか、解決策がないっていうか。」

「科長先生は今いくつ？」

「五十八かなあ。」

「定年は？」

「六十。あと二年。だけどその後も嘱託医として来るだろうって。」

「うわあ、更に最悪。で、次の科長は？順番からすればご主人？」

「そんな訳ないじゃん。これだけ嫌われてるのに。多分、本田をすっとばして良岡先生がなると思うよ。」

「ええ!?どうして？」

「だって、副科長から科長に就任するには前任科長の推薦が必要だもの。天と地がひっくり返っても本田が推薦されることはないね。」

「じゃあ、ご主人はパワハラを耐え忍んだ挙句、後輩に科長職を持っていかれる訳？」

「そうなるね。本田自身そうなるだろうって言ってる。別にもう科長にならなくてもいいみたい。」

「ええ、そんなあ？悲し過ぎるね。」

「ただね、私は今の状況が少しでも改善しないかなあって思ってる。」

「うーん。私は弁護士とか社労士とか専門家じゃないんだけど、中高時代いじめにあってた人からこんな話を聞いたことがある。その人はお宅のご主人と同じ、何故自分ばかりいじめられるのか分からなかった。いじめも巧妙になって先生にばれないようにみんなから無視されたりしていた。その子は、はじめ何とかいじめを解決したいと思い色々と奔走した。だけど何をどうしてもいじめはなくならないと悟ったその子は、皆から無視されるのはもう仕方ないと諦め、俳句を作ったり、童話や小説を書くことに没頭していった。いつまでたってもやむことのないいじめ。親に心配をかけたくないその子。そういったあれやこれやを作品に託して次々と小説が生み出されていった。そしてその子が高二の時、新聞社の短編文学賞に入選した。これがきっかけでその子は文学の道を歩む決心をし、推薦で大学の文学部に入学した。大学時代も次々と作品を発表し、プロ作家としての地位を確立していった。」

「それ、もしかしてお姉さん?」

「あれ、ばれた?」

「お姉さんいじめられてたんだ。綺麗だもんね。そうだったんだ。知らなかった。」

「つまり、平たく言えばパワハラにあっていることばかりに固執するのではなく、他のことで憂さを晴らしたらどうかなって。」

「他のことねえ・・。本田にそんな器用さがあるかなあ?他のことと言えば、実は私は科長のやり方があまりに汚いので何とか反撃できないかと考えた。そうして反撃の手段として活字に訴える方法を思いついた。」

「活字かあ。投書とかそういうの？」

「どういうスタイルかはまだ分からないけど・・。ほらペンは剣よりも強しって言うじゃない。それに、文系の私が主人のためにできることってそれくらいしかないと思うの。主人みたいに手に職があってガッツリ稼ぐこともできないし・・。」

「気持ちは分かるけど、それはよほど気をつけた方がいいよ。」

「どうして？」

「確たる証拠がないのに、そんなこととして名誉棄損だとか言われても馬鹿らしいし。」

「そうよね。それは重々気をつけるつもり。そんなことしか私にはできないけれど。」

「八重子はそう言うけど、今のままでも結構、ご主人を支えてると思うよ。」

八重子が喫茶店の支払いを持って、二人は別れた。

「最近、右手がしびれる。」

出勤の支度をしながら鉄太郎が言った。

「しびれるって、感覚がないってこと?」

「いや、ビリッてくる。時々なんだけど。感覚はあるけどジンジンするっていうか。」

「神経内科でよく診てもらった方がいいよ。」

「そうだな。そう言えば病院の運営管理委員からはずされた。」

「え⁉パパは取りまとめ役だったよね。」

「ああ、そうだ。科長の差し金に違いない。運営研修会に病院から出張できるのを、科長が快く思わないんだろう。はずされたものは仕方ない。」

「科長のやり方はずいぶん乱暴ね。」

「今に始まった事ではないさ。」

数日後。

「右手のしびれだが、脳のＭＲＩも撮ったけど異常はなかった。神経学的にも異常なし。だからビタミン剤が出ただけだった。」

「じゃあ、ストレス？耳鳴りと同じ？」

「かもな。まあ、脳に異常がなかったから良しとしよう。今日、ママ病院にカウンセリングに行く？」

「行くけど、薬何か要る？」

「睡眠薬をもらってほしい。前回のはもう全部飲んだ。」

「いいけど、飲み過ぎじゃない？」

「眠れないんだ。仕方ないだろう。」

「分かった。もらってくるよ。」

鉄太郎は若い頃から不眠症気味だった。それが、科長のパワハラ問題で一気に悪化し、最近では睡眠薬なしでは寝られないようになっていた。そして、この手の薬は連用するとだんだん効きが悪くなり、量が増えていくのだ。眠れないものは仕方ないのだが、沢山飲み過ぎると身体にいいはずはなかった。

「ちょっと前に大学時代の友人と話したんだけど、病院の勤務だけじゃなくて何か気晴らしになるようなことをした方がいいんじゃないかって。」

「気晴らしかあ。スポーツも音楽も興味ないしなあ。しいて言えば語学かなあ。」

「ああ、それいいじゃない。パパは英語が得意だから。語学で何かできれば。」

「そうだなあ、探してみるよ。」

一週間後。

「翻訳会社のトライアルを受けてみることにした。」

鉄太郎が言った。

「トライアルって？」

「翻訳会社は、自社の社員以外に翻訳のできる外部提携社員をかかえていて、仕事を外部翻訳者に発注する仕組みになっている。俺の得意な言語は英語だから、その外部翻訳者の一人として登録しようと思っている。」

「それはいい考えね。」

「登録分野が色々あって、俺の場合は医療ということになる。翻訳雑誌によると医療や工業関係はニーズの割に登録者が少なく仕事はまあまああるらしい。まあトライアルを受けてからだけど。」

「何でもチャレンジすればいいと思う。お金になるとかならないとか以前に。科長にできないことをパパができていると思えば、気も晴れるでしょう。」

「まあ、そうだな。実は昨日、病院の倫理委員会のメンバーからはずされた。」

「また科長の采配?」

「そうさ。もう、こうなったらどんどんはずせばいいさ。科長がいる倫理委員会なんて倫理もへったくれもない。顔会わせずに済むと思うと清々する。」


二週間後。


「前回出した翻訳会社のトライアルに合格した。よかった、ママの協力のお陰だ。」

「そんなことないよ。でもよかったね。これからどうなるの?」

「翻訳の仕事が来るようになるんだろう。初めてだからどういうものか分からないけど、俺は医療分野で登録したから、医療関係の論文とかが来るんじゃないかな。」

「そうかあ。仕事が来るといいね。」

「うん。それで、今回のトライアルは医薬翻訳社だったけど、他にも翻訳の会社があるから、この調子でよそもトライアルを受けようと思う。」

「それがいいわね。登録しても医薬翻訳社から仕事が来るとは限らないし。それからね、前言ってた求人を調べたけど、今の病院の月給に匹敵するほど出してくれる個人病院はないね。」

「そうだろうなあ。」

鉄太郎は力なく言った。

「仕方ないな。このまま我慢するか。なあママ、もし今の月給と同じくらい稼げたら病院を辞めてもいいかな？」

「その時は辞めれば。でも翻訳でそんなに稼げるようになるとは思えないけど。」

「翻訳だけじゃ無理かもしれないけど、今の月給と並んだら辞めてもいい？」

「どうぞ、その時は心おきなく辞めて下さい。」

八重子はいたずらっぽく言った。

「そうだ。ネットで収益物件を探してみたんだけど、中町二丁目にまあまあの角地があるよ。見に行ってみる?」

「俺は遠慮するよ。ママが気に入ったなら買って。」


一週間後の夕食時、八重子が鉄太郎に聞いた。

「パパは運用とか、したことないよね。」

「投資か。そっちの方はさっぱりだ。」

「私は母の時代から株を少しかじっている。なんならパパの預金を運用に少し回すかなあって思ってる。」

「俺は分からんからママに任すよ。」

「とりあえず、投資信託の安全なところで一千万、ハイリスクハイリターンを百万ってとこでどうかな?」

「何も分からんから、ママの思うようにしてくれたらいいよ。」

「パパの給与を補えるようになるとは思わんけど、足しになればと思って。いざ辞めようと思っても、収入がないとね。」

「そうだな。」

「そうそう。『中町二丁目にコインパーキングを出させて下さい』って会社から申し出が来てるよ。条件も悪くないけど、契約してもいい？」

「全部ママに任せる。いいと思うなら契約して。」


毎年、中元、歳暮の時期になると本田家では贈り物がかなり来る。そのほとんどは鉄太郎が病院で担当している患者だった。

「礼状出しといてくれるかな。」

鉄太郎が患者の住所を食卓の上に置きながら言った。

「患者さん達はどうやってうちの住所を調べるのかしら。凄いよね。」

「患者も必死だからな。ところで、医業翻訳社から原稿が入ったんだけど、これが結構急ぐらしい。ママも見てくれるかな。」

「オーケー。」

八重子は鉄太郎から渡された翻訳原稿をパソコン画面上で見ながら考えた。翻訳の手数料は微々たるものだ。だが、この調子で仕事がまわってきて、運用がうまくいけば鉄太郎は病院を辞めてもいいかもしれない。収入が見込めると分かったら鉄太郎は辞めるだろうか?

―そりゃあ、一刻も早くあんな病院辞めたいだろう。

八重子は心中でつぶやいた。ただ、病院そのものには問題ない。科長と合わないだけだ。盆暮れの付け届けが多いのも鉄太郎が患者からは優しい、いい先生だと慕われている証拠である。

「科長さえ、いなくなればねえ。」

八重子は溜息をついた。

鉄太郎は結局八社の翻訳会社と外部翻訳者の契約を結んだ。そのうち常時三社から定期仕事が入る。英語論文の抄録や教科書、新製品のコマーシャル用パンフレットが主体だった。時には論文の査読や投稿論文の下書き、プレゼンの資料作りもまわってきた。医学論文に鉄太郎が明るいことが分かると、各社がこぞって仕事をまわすようになってきた。

その晩、普段はメールでしかやりとりしない善光寺が電話をかけてきた。

「本田。お前の奥さんが息子の学校にモンスターペアレント的働きかけをしてるって、もっぱらの噂だぜ。」

「何ですか、それは!!」

「昨日、医師会の会合で夜、飲みに行った席で聞いた。」

「そんなの濡れ衣です。一切していません。」

「それは分かってるよ。そうじゃなくて、なんでそんな風に言われなきゃいけないかってことだ。」

「誰かの逆恨みを買っているんですね。」

「心当たりは。」

「自慢じゃないけど、息子はかなり成績いいですから、妬む人は多いですよ。でも、だからと言って、そんな根も葉もない噂流してどうするんですか。第一、学校に圧力かけて何になるんです。」

「いや、本田。お前の言う通りだ。そういうことをやりそうなのは・・」

「科長ですね。あの人しか考えられません。俺だけで飽き足らず家族にまで嫌がらせするなんて、ほんと根性が腐っています。」

「相変わらずなのか？」

「今日、感染症学会の出張許可を科長に申し出ました。そしたら『お前がその学会に出て何の意味がある？』って言うんですよ。でも、今日は返事をしただけ、マシなくらいです。」

「一月に東京であるやつか。お前は来ないのか？」

「行きますよ。科長の言いなりになるつもりはさらさらありません。」

「なら、科長にお伺いをたてなくてもいいんじゃないのか？」

「いえ、パワハラの実態を記録する意味で、ずっと会話を録音しています。科長は口を開くことで自らを破滅へと追いやっているのです。」

「本田、お前、恐ろしい奴だったんだな。」

「家内の入れ知恵です。」

「八重子さんか。人は見かけによらないな。」

佐太郎が東京の大学の入学試験を受けるために上京したのは二月二十三日だった。勧めた訳でもないのに佐太郎は医学部を受験していた。鉄太郎が病院でパワハラに遭っている事実は鉄太郎夫婦、一部の関係者だけの秘密で佐太郎には絶対漏らしていなかった。鉄太郎は息子の進路に関し、医者の道がいいとは少しも考えていなかった。自分がパワハラにあっているせいではない。それ以前に医者の世界にほとほと嫌気がさしていた。医者の世界は世間が思っているほどアカデミックではない。そこでは、頭が切れる奴、つまり出る杭は、こてんぱんに打たれるのだ。少し馬鹿で、上長の先生の言うことをハイハイと何でも聞くような奴がかわいがられ、出世するのだ。鉄太郎は息子には本当に頭を使った仕事で実力を発揮できる職業についてほしいと思っていた。

しかし、鉄太郎の思惑とは裏腹に息子が親父の仕事に誇りを持っているのも事実だった。そしてそれは普段の言動からよく伝わっていた。鉄太郎夫婦はそんな息子の夢を壊したくはなかった。佐太郎が医学部を受けたいと言い出した時、反対する理由を言い出す気にはなれなかった。

二月二十三日には鉄太郎、八重子も一緒に上京した。八重子は佐太郎の下宿の契約をすることにしていた。鉄太郎は翻訳会社スタッフと会う予定だった。受験が終わり帰りの新幹線で八重子は鉄太郎に聞いた。

「翻訳会社の人、何て言ってた？」

「仕事を増やして欲しいって。医療翻訳の分野で人が足りてないらしい。」

「そう。良かったね。そう言えば年末に買った本町三丁目の物件、あそこにコンビニをオープンしたいって依頼が来てるよ。」

「コンビニ？」

「そう、コンビニを出店したいから地面をそっくり貸して下さいって。」

「あんな所にコンビニを出してやっていけるのか？近くにもあるだろう。」

「それは市場調査済みだって、担当者が言ってた。やっていけるかどうかは、私達の責任じゃないよ。」

「俺はよく分からんからママに任せる。」

「じゃあ、帰ったら担当者に会って話を進めるね。」


佐太郎が東京の大学に旅立って二ヶ月が過ぎた。鉄太郎所有の本町三丁目にはコンビニが出店し、中町二丁目は順調にコインパーキングが稼働していた。八重子の行った投資は一年で一・二倍に増え、翻訳会社からは仕事が絶えず舞い込み、重なる時は睡眠時間が三時間くらいしか確保できないほどだった。

すでに鉄太郎の病院外の収入は病院の月給に匹敵するまでになっていた。病院の給与と合わせると科長給与をはるかに凌ぐ収入になっていた。

科長のパワハラは依然卑劣だった。鉄太郎は科長に無視され、外来の仕事は干され、手術からは外され、院内での役職も解かれたままだった。

それでも、鉄太郎は毎日変わらずに病院に出勤していた。


「日が長くなったな。」

帰宅した鉄太郎と八重子は、夕食前にウォーキングに出かけた。六月は気候が良く、歩くにはもってこいの季節だった。新緑の香りがする。この季節独特の香《かぐわ》しい香りを全身で感じながら二人は夕暮れの住宅街を歩いた。鉄太郎達の自宅は郊外の緩やかな斜面を切り開いた住宅地の中にあった。ウォーキングは何年ぶりだろう。科長のパワハラ問題、息子の受験が重なり、何年も歩いてなかった。

—昔はこうしてよく二人で歩いたなあ。

鉄太郎も感慨にふけりながら歩を進めた。二人はかつてのウォーキングコースである坂道を登っていた。団地の一番上まで登り、砂防ダムのある高台から市内を一望して帰ってくるコースだ。

「佐太郎が大学に入ったら、一気に気が楽になったって言うか。荷が降りたって言うか。」

八重子は肩で息をしながら鉄太郎を振り仰いだ。

「そうか？これからだぜ。金がかかるのは。」

「うん。分かってる。でも何て言うか、あの子が大学に入るまでは目立った動きはできなかったけど、もう入るところへ入ってしまえば矢でも鉄砲でも持って来いって言うか・・。」

「ずいぶん気が大きくなってるな。ああ、そうだ。前から思ってたけど、一度うちの資産を整理してみないか。」

「資産？」

「資産と言うか、ひと月の収入がどれくらい、とか。」

「ああ、それなら大丈夫。パパの翻訳と運用、コンビニやコインパーキングの水揚げで十分病院の給料を上回っているから。」

「そうか。」

「どうする？病院を辞める？」

「辞めないさ。辞めたら科長の思うつぼなんだろ。」

「収入が確保できたら辞めるんじゃなかったの。」

「俺も最初はそう思ってた。でもそれじゃあ駄目なんだな。それじゃあママの言う通り科長のパワハラに屈したことになる。善光寺先生は火の粉を浴びてばかりいて反撃しない俺を馬鹿だと言っていた。でも俺には俺の戦い方がある。」

「どんな。」

「最初は病院を辞めることばかり考えていたさ。ママにも求人を探してもらったろう。実際、求人がなかったのも事実だが、いつの頃かなあ、辞めたんじゃ意味がないと思い始めた。」

「そう。」

「多分、翻訳の仕事がどんどんまわってくるようになった頃かな。科長には臨床の仕事しかない。それに引き替え、俺は翻訳や投資、運用など様々なことをやっている。まあ、投資・運用はママがやってくれている訳だが、そういう科長にはできないあれやこれやが自分にはできると思うのは、ちょっとした優越感だぜ。」

「そう。」

「それにな、科長を告発しもろともに病院を退職するほどの価値はあの人にはないぜ。考えてみれば科長も哀れな人だ。定年し嘱託医も終了したらあの人に何が残る。何にもないぜ。あの性格だからな、科長という肩書きが取れた瞬間、誰も寄りつかないさ。」

「そうよね。」

「だから俺はある時から決めた。科長からどんなパワハラを受けても、告発もしないかわりに絶対に辞めないってな。非暴力、不服従だ。」

「何だかガンジーみたいね。」

「そうさ。俺は病院のガンジーだ。これが俺なりの戦い方、反撃さ。」

「なるほどね。」

「医者の世界は封建的だ。きっと世の中には俺と同じような目にあっている医者が沢山いるに違いない。はっきりかたき討ちできる例は稀だ。」

鉄太郎は空を仰いだ。

「もし佐太郎が社会に出てパワハラにあった時、俺の経験が役に立てばそれで満足だ。」

二人は団地の一番上にある砂防ダムの端まで来て、眼下に広がる市内を一望した。はるかかなたに鉄太郎の勤務する病院が見える。二人は顔を見合わせて笑った。

「さあ、帰ろう。」

鉄太郎が八重子の手を取った。

著者紹介　津間洋二　つまようじ

昭和四十一年、広島県生まれ。広島市在住。広島大学卒、同大学院卒。

著書に『奇妙な果実』（文芸社）、『山川家の事情』（文芸社）、『詐欺師　降魔良平』（電子出版）、『星野敏夫伝』『星野敏夫伝２』（電子出版）、『東京心中記』（電子出版）、『弁護士松本久子の日常』（電子出版）、『寝たきりの母へ　警視庁捜査一課警部鬼丸隆弘の事件簿事例１』（電子出版）、『蒼悔の海　警視庁捜査一課警部鬼丸隆弘の事件簿事例２』（電子出版）、『魔術師の家』（電子出版）がある。

『平成お妊婦様』（麻布書院）で麻布書院文学賞佳作受賞。

津間　洋二

病院のガンジー

二〇一九年九月九日　初版発行
発行所　日本橋出版
〒103-0027　東京都中央区日本橋二-二-三-四〇二
https://nihonbashi-pub.co.jp
印刷・製本所　日本橋出版
※落丁・乱丁本はお取替えいたします。
※価格はカバーに表示してあります。